그립기만 한 그런 사랑

그립기만 한 그런 사랑

유수임 시집

차례

제1부 I love you Mum Goodbye

제2부 그립기만 한 그런 사랑

제3부 마음을 전하는 색채

제1부

I love you Mum Goodbye

I love you Mum Goodbye

사랑을 꿈꾸던 그녀
삶을 지탱하고 심지가 되어 주던
Mum!
You are more than a champion
생각하노라면 생은 태생으로 모두가 사랑!
설움이고 목숨이고 눈물겨운 그리움!
삶의 버팀목이 되어 준 Mum!
이 모두가 사랑의 몫인 걸 새삼 깨닫곤 한다

Mum!
you are a role model
my everything
my world
my universe

Mum!
그리움 속으로 달려가면 금방 보듬어주고 안아줄 날개가 있어.
다정한 눈빛 언제까지나 보호해 줄 것 같았던
Mum!

But now you have gone to a better place in Heaven

I love you Mum!

Goodbye

When I was young so much younger

떡시루 들다 허리 다쳐 밤새 엄마 앓는 소리
아버지 코 고는 소리
When I was young so much younger
아침에 일어나
엄마의 입과 코 가만히 귀 대어보고 안도하곤 했지!
죽었는지 살았는지!

When I was older so much older
이민 온 지 수십 년 이른 새벽 전화벨 소리
따르릉 따르릉 따르릉
엄마 제발 죽지 말아요
심장이 콩닥콩닥 엄마가 죽었나

'여보~~시오!'
'여보세요!
엄마!' 놀랬잖아!
엄마, 살아있어 고마워!
쿵쾅거리는 가슴 부여안고
엄마 안부 묻는 딸

When I was young so much younger

엄마 앓는 소리 밤잠 설치며 죽었는지 살았는지
엄마의 입 코에 가만히 귀 대어 안도하곤 했지!

스마트폰 Families

스마트폰에서 매일 보는 사랑하는 가족
언제 보아도 우리는 닮은 꼴!
아빠 엄마 오빠 동생 환한 미소 또 하나의 나를 보네요
세월의 덮개가 쌓여도 가족의 가치는 변함이 없고
스마트폰에 넣어 두고 보는 가족사진
아! 난 행복한 사람
Families Can be Together Forever

스마트폰 My love

스마트폰에 넣어 두고 보는 그대 사진
두 사람, 다정한 눈빛으로 미소 짓네
천년은 족히 살 천생연분
스마트폰에 넣어 두고 보는 연인 사진,
우리는 사랑하는 연인
You and I can be Together Forever

스마트폰 Friend

세월이 가도 추억의 가치 변함이 없고
스마트폰에 넣어 놓은 사진 한 장
언제나 그녀는 아름다워
아! 난 행복한 사람
My friend can be Together Forever

What a day!

조지아 여행이 끝나고
알마티 국제공항 체크인 카운터 앞(2023. 7. 12)
맴, F4 비자 주세요. 맴, 시드니 가는 항공권 있죠
예~~~
인천에서 시드니로 오케이, 맴,
다른 항공권 있나요?
시드니에서 한국, 오케이, 가방 올려주세요.
　　　What a day!
항공권 찾으려고 이리저리 돌린 가방
비밀번호 잘못되었는지 안 잠긴다.
왜? 이런 절차가 필요한가?
난, 지금 한국 나가고 있다는 말이죠
　　　I am so sorry 맴!
캥거루 여권으로 45년 만에 처음 있는 일!
어디에서도 없는 일, 어디에도 없었던 일,
　　　What a day!
알마티 국제공항 법무부 앞
법무부 직원, 당신은 얼마 동안 호주에 살았나요?
네~, 42년 살았습니다만, 왜요?
나는 호주에 살고 싶어서요.
Are you starting a joke?

What a day!
젊은 여자 남자, 왜, 캥거루 여권을 몰라!
즐거웠던 여행이 끝낸 날
What a day!

올챙이 시절이 그리워

엄마 향기 그리울 땐
올챙이 시절로 돌아가
올챙이묵, 메밀묵 먹는다

검은 건반, 흰 건반 사랑하게 해준 엄마
나의 올챙이 시절

그 목소리는 어찌 그리 그윽하던지
"음식 냄새는 사랑하는 사람이 여기에 있어요"

창의적인 불빛이 사라지지 않게 엄마는
내 작은 미래를 위해

피아노 검은 건반 흰 건반 위에
함께 앉아 있다

올챙이묵, 도토리묵, 메밀묵, 손두부
볼 때마다 엄마의 향기가 그립다.
울 엄마는 어디 갔지!
엄마의 따뜻한 숨결이
그리울 땐 올챙이 시절로 돌아가고 싶다

부고

그녀가 유명을 달리했다.
장례식에 못 참석한 세 자녀

세월도 사랑도 어머니도
그렇게 시간 속으로 흘러갔다.

가까이서 멀리서
우리는 슬퍼했다
너무 멀어서

스파르타식 교육

그녀 자식 다섯
그녀 자식 교육은
그녀를 위한 대리만족
오빠가 시체 만지는 것 무섭고 싫다고 해도 그녀는 의사가 되라고

꽃이 좋아 플로리스트가 되고 싶은 딸아이
엄마는 피아니스트가 되라네요

문학을 좋아하는 동생은 시인이 되려 는데
엄마는 별을 연구하는 과학자가 되라고

감성 덩어리 막내 자유로운 상상 세계에 살고 싶은데
수학 성적 올리길 종용하셨네!

어머니 강도 높은 스파르타식 교육 어머니의 꿈과 우리들의 꿈
숨바꼭질하던 그 시절 꿈의 색깔이 달랐으나
행복이란 이름으로는 하나였다네

굴뚝의 연기처럼 피어오르는 그리움

멀리 사는 딸 걱정
임종 순간까지도
감추지 못하신 울 엄마

그리움
굴뚝의 연기처럼 피어오르면
어머니가 그리워
피아노 앞에 앉아서
피아노를 친다

효도 못한 채 떠나신 울 어머니
마음의 끝에
그리움이 몽우리 지듯
피어오르며
우리 엄마가 몹시 그립다.

오빠의 향기

뜨거운 여름
어릴 때 큰 오빠 사온 수박, 토마토 냄새
그 영원한 냄새
그날의 냄새다

처음 보는 수박 냄새! 그리고 파란 무늬!
그 무늬, 시냇물 졸졸 넘치듯
어릴 때 같이 먹던 수박 토마토 향기

잊히지 않은 냄새
그 향기 마시며 온 가족 둘러앉아 웃음 꽃 바다였지

수박 오빠 그는 가고 없지만,
오빠가 그리워 수박 토마토를 산다

우리 가족 하나의 수박 무늬로
하나의 과일 향기로 묶어준 오빠

우리 집 굴뚝에서 피어오른
가족의 향기가 그리울 때 그 무늬
수박 무늬 시냇물 졸졸 넘치듯

수박을 먹는다
수박 토마토를 먹는다

가족의 향기 오빠 손 잡던 그 날의 기억으로

지구가 피땀을 흘리고 있네

당신 괜찮은가!
당신 땀을 많이 흘려도
사람들은 몰라
이기심과 편리함이 좋아
인간이 만든 오물로
힘들어하는 당신

당신이 지쳐서 일어난 지진
당신이 땀 흘려 일어나는 홍수
날씨의 변화도
사람들은 알까요
당신이 내어주는 변함없는 그 사랑을

웃고 있는 이름 모를 들꽃들

지구에 어둠의 그림자 드리우네
세상에 쌓여가는 쓰레기 더미들

그 속에 안쓰럽게 피어

웃고 있는 이름 모를 들꽃들

욕망은 사그라지지 않고

인간들은 끝없이 지구를 더럽히고

해와 달 빛을 내지

않는 날이 올지도 모르겠다.

지혜의 영감

에너지 필요할 때
너 앞에 앉으면
내 마음은 행복해진다

기쁨이 소용돌이치고
내 온몸에 생기가 돈다

너 앞에 앉으면
내 영혼은
푸른 하늘보다 더 푸르러진다

삶 산이
앞을 가로막아
혼란스러울 때

너 앞에 앉으면
가슴은 차분해지고
피는 뜨겁게 뛴다

인품이 좋으니

한 작가를 좋아한다

그는
인품이 좋으니
믿음이 가고
작품에 공감이 간다

작가와
작품이 일치하고
그런 경우를 알기에

그는 삶과 예술이
한 몸으로 일치하는 것 같아서
그것이 좋아서

그 작가의 생각을 읽는다

알래스카 하얀 백야

앵커리지의 하얀 밤
아침은 오지 않아도 좋다

그래도 알래스카의 아침은 오고야 만다

연 푸른 바다에
물결같이 몰려오는 연어 떼 지천
양동이에 주워 담는 손이 즐거워라

백설기 같은 밤을
안개 낀 런던의 거리인 줄 알고 걸었다
달빛에 반짝이는
디날리(매킨리) 산 봉우리
순백의 무아지경

알래스카의 눈
알래스카의 백곰
알래스카의 밤

꽃같이 휘날리는 눈
이대로 아침은 오지 않아도 좋아
순백의 밤

그녀는

그녀는
시드니에도 있고
서울에도 있다.

그녀는
시드니에도 없고
서울에도 없다.

시드니와
서울 사이에는
음악이 있다.

서울과
시드니 사이에는
시가 있다.

그곳에 그녀가 있다.

수목원 1

뿜내지 않고
이웃에게 여백을 주는 숲

늘 푸른 숨 쉬어
물 토양이 오염되지 않은 곳

삶 생기를 넣어 주고
낙원 꿈꾸게 하는 곳

이기심으로 가득한 그녀
되돌아보게 하는
나무들의 숨소리가 느껴지는 곳

한여름에 그늘이 되어 주고
맑은 공기 힐링할 수 있는 곳
새소리 창량한 숲의 낙원 수목원

공원의 조각작품들도
그녀를 보고 생글 웃네

수목원 2

스트레스는
물총새 되어 날아간다

도시 속 녹색의 나라
그 속의 녹색 청개구리 놀이터
새떼들 즐겁게 노래하는
벤치에 앉아 숲을 바라본다

겹겹이 뭉친 잎 바삭 소리
새소리 물소리 바람소리 합창하네

느티나무의 가지를
쥐고 흔들던 시월의 서리
가을비 단풍잎 내리치고
어느덧 눈바람에 묻힌다

낙엽이 지고 서리가 내리고
가을비가 오고 눈바람이 내린 그 자리

이후 새 생명이 자라겠지

배추를 뽑는 아침

맑은 공기 폐부 깊숙이 마시며
배추 뽑는 아침!
하늘은 청아하고 맑다

휘파람 소리 에코 되어 흐르니!
싱그러운 아침 코끝이 상쾌해

배추도 명당자리가 있구려 '명당자리!'
같은 씨앗 뿌렸는데

이놈들!
알배기 배추, 배가 꽉꽉 찾구려!
손맛의 양념 재료 지역에 따라 달라
김치 특유의 맛, 독특한 맛 낼 놈들

배추야!
파릇한 새싹이 돋아나더니
어느 날은 잎이 노랗게 말라가더라
너 보고 난 똥줄이 탔단다!

배추야!

투쟁을 이기고 자란 너희들
이만큼 커주어 고맙고
미래의 맛있는 김치가 될
너희에게 큰 박수를 보낸다.

저 조무래기들! 아무 쓰잘머리 없어! 뽑아버려! 잠만 잤구먼!

우리 막내 인큐베이터 넣었던 막내
다 커서도 학교에서 제일 작은 꼬마였죠,
부르는 노래가 그 사람의 운명을 만든다 하잖아요!
막내둥이 늘 건강한 젊은이로 자라라고 노래했지요!

저놈들 다들 클 때까지 잠만 잤어, 그렇지 않고는!

우리 막내가 너무 작아 어떻게 했지!
그 아이는 작지만, 지금 잘 자라
나라 지키는 용감한 군인이라고요!

저놈들 김치감 안 되니, 배추 뽑아 버리라고

김치감 안 돼도, 양념하면 겉절이 특유의 맛 나!

김치는 오래되면 숙성한 맛, 감칠맛도 있지만,
그와 달리 겉절이는 풋풋함, 싱싱함이 맛깔스럽지!

우리 막내처럼!
정성으로 자식을 기른 마음과 기분으로
배추를 뽑는 아침!

자율의 서곡 콩나물

콩나물 물 주시던 어머니 모습에
콩나물 기른다

콩, 물에 담가 놓으니
껍질들이 와글거리고
자기들끼리 눕고, 앉고, 서고 때론 머리를 처박고 제멋대로
끼리끼리 난리야
그 모습 가관이야

하하하, 며칠 후
음계처럼 질서가 서고
예쁜 머리 일제히 하늘로 그 모습이 앙증맞아
질서의 전율 느낀 콩나물

무법지대에서 제자리 찾고
자연은 어쩜 이토록 경이로운지, 콩나물 키우는 관전 포인트이다

콩나물 물 주시던 어머니 모습에
콩나물을 기른다

어머니 콩나물 단 한 번도 실패한 적이 없고

불순물 들어가면 콩나물이 썩어버린다고.
정성 다해 물 주던 그 모습
콩나물
빨리 자라라고 물을 자주 주니
뿌리가 썩고 말았다

콩나물, 고까짓 것 하다
실패했다

콩나물은 칸트 윤리학의 중심 개념인 자율 서곡
철학적 식품이다

진실 정성 없이 콩나물 썩고
엄마 콩나물에다 물주 듯 정성 들어 물 주니
예쁘게 잘 자란다

모태 교육하듯 음악과 사랑 정성으로 물을 주니
콩나물 놀라운 속도로 잘 자란다.

콩나물 음표 자율의 서곡이 되어 음의 계단 그 음계를 잡고

춤추듯 노래해

그때 나는 알았다
팔분음표 콩나물 대가리
자연은 경이롭고 신기하다

콩나물 물 주시던 어머니 모습 그리며
콩나물을 기른다

제2부
그립기만 한 그런 사랑

그립기만 한 그런 사랑

고이 간직하려던 꽃 같은 사랑
달님에게 고백하니

얼굴이 빨갛게 울그락불그락 달아올라
부끄러운 마음 달빛에 숨긴다

그립기만 한 그런 사랑 다시 오려나
생각할수록 그리운 그런 사랑도
다시 오면 좋겠다!

첼로 소리 들어보세요

평화로 고요히 물들고
사무치는 그리움 달래게
첼로 소리를 들어봐요

상처받은 당신 온통 환희로 바꿔드릴
첼로 소리를 들어봐요

모래바람 부는 광야에 홀로 서 있다 할지라도

내면의 강을 타고 행복의 길이 조금씩 열릴 겁니다

언제나 푸르름을 잊지 않는 상록수 강인함이 올 겁니다
첼로 소리를 들어봐요

꿈꾸는 그대

—슈만의 트로이메라이

그런 시간은 가버렸어 절묘한 슈만의 트로이메라이
유년 시절 꿈 같고

이게 뭐냐 세상이 고음 상실자인 걸
고운 피아노 소리가 안 들려

바닷속 같은 적막만이 고여 있어.
가슴에 스쳐 지나간 파도 소리만 들리지!

둥근 해가 뜨면 들릴 거야
달빛 솟아오르면 들리려나

그때가 좋았지 피아노 배울 때
흰 건반과 검은 건반을 따라
흐르는 음악 소리 행복이 굴뚝에 솔솔 피어나
하늘로 승천하는 것 같았을 때가 좋았어

슈만 트로이메라이 유년 시절 냄새가 나
어둠이 서서히 걷히는 소리 꿈인가 몽상인가!

피아니스트 꿈꾸고
숨소리조차 멈추게 하던 슈만의 트로이메라이!

알레그로

1808년 10월의 어느 날
이리겐 스탓트에서의 한 통의 유서

전파의 소나타나 교향곡
베토벤 환희의 송가

1악장과 4악장
알레그로
알레그로

무엇이 그 무엇이
가장 인간적인 삶인가 묻는다

오 운명의 교향곡
나의 알레그로
알레그로

퓨전, 퓨전

시와 수필을 읽는다
시와 소설을 읽는다
시와 소설을 읽으면서
베토벤의 교향곡을 듣는다

시와 수필을 읽는다
시와 소설을 읽는다
시와 소설을 읽으면서
누군가의 초상화를 바라본다.

시와 음악 그림
시간 공간 감동과

시 속의 음악
음악 속의 시
시 속의 그림
그림 속의 시
음악 속의 그림
그림 속의 음악

감동은 나의 초상화

시를 읽으며 그림을 바라보며
음악을 듣는다 그 속에서 떠오르는
그리운 사람들

하프 타임

교향곡을 들으며 나를 바라보는 멋
여행하면서 나를 바라보는 멋
아름다운 마음을 가진 자들의 멋

이들이 느끼는 즐거운 일
낯선 땅 생소한 사람들 속에서

홀가분한 마음으로 지난날의 나를 생각하며
미래를 꿈꾸게 하는 아름다운 시간
하프타임

인생은 즐거운 여행
잠시 하프타임 가지는 매력이 넘치는 날
교향곡을 들으면 나를 바라보는 멋
오 하프타임

매시간 뛰어다닌 일상의 잡다한 일
지난날들을 되돌려 보는
하프타임

천의 소리 그녀 인생

음악가 저마다 다른 어여쁜 소리

쇼팽의 전주곡 빗방울 소리
슈베르트 가곡 마왕 말발굽 소리
바흐 예수 수난곡 세상에 가장 슬픈 소리
베토벤 월광곡 솟구쳐 오르는 소리

계절마다 다른 그리움 소리

봄꽃처럼 따스한 시냇물 소리
여름날 뜨거운 태양의 소리
가을날 조용히 낙엽 지는 소리
겨울날 하얀 눈이 오는 소리

소녀 소년의 사랑과 기도 소리
엄마 뱃속의 아가 웃음소리
존 레넌 평화의 노랫소리

건반을 어루만지면 흐르는 마음의 소리
피아노가 심장을 요동 치게 하는 천의 소리

오랫동안 그녀를 묶어둔 건반 위
쇼팽 알레그로 모데라토 춤추고

칼 오으프(Carl Orff) 리듬에 시가 꿈틀거리는
그녀의 인생 그녀의 사랑 운명의 피아노 소리

레퀴엠 Q

모짜르트 레퀴엠
첼로 소리 되어 흐른다

그 소리 타고
국화향기 바람에 휘날릴 때
뻐꾸기 여기저기서 울고

꽃상여
꽃 바다, 꽃구름, 꽃의 빛을 달고
노을을 바라보며
아스라이 등천하고

국화 향기에
스며드는 레퀴엠 Q
모든 죽은 자에게
영원한 빛과 안식을 그들에게 주소서
레퀴엠 Q

합창

음악 공간 시간을 초월하여
희망 메시지
가족과 나라 잃은 슬픔
객석에 흩뿌리네

그 옛날 유대인
노예가 되어 잡혀간
바빌론 강가

눈물짓던 고향 바라보며
사람들이 부르던

"가라 그리움이여 내 마음이여 금빛 날개를 달고"

오페라 〈나부코〉의 하이라이트
노예들의 합창

서러움 뒤로
절망 속에서 부르던
희망의 노래여
사랑을 품게 하소서

오늘도 이 세상 어디선가
합창은 계속되고 있다

왜!

이 겨울에
떠나시나요?

너무 추워요

잎이 떨어지는
가을에 떠나시지

아니면
차이콥스키의 백조의 호수

음악이 흐를 때
떠나세요!
왜!
안 될까요

언젠가

차창 가로 보이는 하늘

언젠가
다가올 해에
더욱더 좋은 곳에서

언젠가 천사처럼
주옥같은 장식을 하고
보다 더 좋은 곳에서

우리가 흘린
눈물의 뜻을 이해하게 되리

사랑의 마음을 전하기 좋은
풍요로운 자연 속에서
함께 음악을 들으며 느꼈던
두근거리는 마음

우리 눈물의 뜻 이해하리

데커레이션

꾸밈을 있어 더 음악이 아우라가 넘쳐

음악이 춤추는 것
셋잇단음표가 있어야

태양같이 환하게
빛 감돌게 하는 것도
데커레이션이요
연륜 지혜의 표징 인생도
때론 데커레이션

가슴은 고요히 월광곡으로

베토벤의 곡은 천년의 음악
푸르르고 아우라가 넘쳐

잔잔한 호수를 보는 듯
가슴은 고요히 월광곡으로
파도를 친다

베토벤의 눈물과 땀의 진액
목이 메이고
그 잔잔한 음악이 되기까지

음의 아우라가
목구멍까지 뽀얗다
아름다운 음악을 듣고

소란한 땅빼기
요란한 빗소리
잠재우고 멈추어다오

별빛 시린 음의 영혼 어쩌라고
가족이 함께 듣는 곡

목이 메인다

엄마가 좋아하는 노래
가족이 좋아하는 노래
이 음악은 천년의 노래

봄의 송가

베토벤의 스프링 소나타
피아노와 바이올린이
서로 대화 주고받듯

사랑의 교향악이 되어
자연에 무한한 사랑을 느낀다

음결이 맛깔스럽게 구사되어
봄바람에 꽃들이 흔들리듯
따스함과 기쁨

땅을 가르는 소리
꽃망울 터지는 소리
봄이 오는 소리

낭만과 전원적인 분위기에
세월의 덮개가 쌓여도
아름다운 가치 변함없고

명쾌하고 발랄한 스프링 소나타

피아노의 멜로디 베토벤 특유의
명곡 중의 명곡 이색 화음
내 인생의 곁에 그대가 있어
사랑의 소나타

봄의 아우라가 넘친
봄의 송가 베토벤의 스프링 소나타

바흐의 G 선상의 아리아

음처럼 반짝이며 영화 속 주인공처럼 노래했지
스카프를 벗어 던지고 소리의 눈이 되어

그의 피아노 연주 나의 가슴
뛰게 했지! 언제부터인가

하늘 높이 날리는 하얀 눈이 되어
그녀의 마음에 차곡차곡 쌓여 왔지!
바흐의 G 선상의 아리아

모짜르트

피아니스트를 꿈꾸게 하는
그만의 맛깔스러운 리듬
그의 고집을 사랑한다

타인의 시선에도 휘둘리지 않는 그
좋아하는 옷 입고 자신의 연주 스타일을 고집하는
그를 평생토록 사랑한다

음악 길 걸어 건반 위에 '놈코어룩(Norm core look)'
모짜르트

그가 우아하게 앉아 피아노 치면
카리스마 넘쳐
그가 지닌 그만의 음악 아우라!

그를 키운 분은 어떤 분일까!
한 번도 본 적이 없는

모짜르트의 아버지에게 드는
경외심은 도대체 뭘까?!

그녀가 그대 앞에 앉는 이유

이 세상에
혼자라고
느낄 때

기억 속의
사랑하는 사람이
그리울 때

이것이
그녀가 그대 앞에
앉는 이유 (피아노)

Austria 비엔나

비엔나(Vienna)음악가의 무덤! 꽃, 나무들이 노래하는 그곳 정원! 정원에는 비석들이 많다 쇼팽 베토벤 바흐 모짜르트 슈베르트가 코골며 리듬을 타고 잠들어 있어! 수, 그녀도 소망이 있다면 그곳에서 잠들고 싶다! 꿈속에서도 들려오던 천상의 곡으로 천연의 음악 풍선이 되어 온통 Vienna 하늘로 날아다니고픈 욕망! 바흐의 G 선상의 아리아가 에코 되돌아다니고 '환희의 송가'가 무덤에서 흘려 나와 베토벤(Beethoven)을 만나고 슈베르트의 미완성 교향곡을 들으며 당신의 음악이 미완성으로 끝나 그녀의 첫사랑도 미완성으로 끝났노라 하니 헐하고 웃더이다. 어린 모차르트 5살 때 작곡해서 놀란다고 하니 믿어도 된다고 해 쇼팽의 빗방울 소리 들으면 우산 쓰고 체르니 굿 바이 하니 굿 바이 my lover 하며 미소 짓고 음악은 do 레 미 파 솔 라 티 do로 그렇게 만들어져 어렵지 않다고! 빛나는 음악을 듣는 것은 행복이고 빛나는 사랑을 느끼는 건 아름다움 그 자체다 아! 아름다워라. 그 이름 Austria 비엔나(Vienna) 하얀 건반 검은 건반을 넘나들던 환상의 손가락 뒤로 한 채 잠든 그들의 노래가 흐른다 "Swing low, sweet chariot"이라고

달빛에 비친 다뉴브강(Donau River)에서

베토벤 문 소나타가 들리는 고요한 다뉴브강 물결! 현재와 과거 역사가 흐르고 음악도 흐른다 달빛에 비친 다뉴브 강가에 유대인들이 자유를 위해 벗은 88개 신발 중 아주 작은 신발 아빠 엄마 따라 자유의 신발 벗었다 그 어린 아이 스토리 텔링은 오스트리아와 헝가리 대평원 지나 헝가리의 수도 부다페스트에 귀신이 되어 인간의 마음을 달빛에 비추게 해 준다 다뉴브 강가에 앉아 그 작은 신발의 주인공의 어린 시절 가슴 아픈 사연이 Beethoven '운명'의 서곡이 '운명'의 서곡 되어 달빛에 비친 다뉴브강 바라보는 이들!

제3부
마음을 전하는 색채

석류

어쩜 알알이 붉은 허니콤이
그리도 총총히

붉은 너의 매력
알알이 맺혔구나!

진주, 다이아몬드처럼
너의 붉은 허니콤 빛나고

붉은 맛 톡톡 터지는
붉디붉은 석류!

너의 매력 어떻게 만드셨나!
넘 맛있다
모든 신경세포 환란에 취한 채

마음을 전하는 색채

빨리 빨리

집 전화에서
핸드폰으로
편지에서 이메일로
바쁜 세상

그저 쓸쓸한 얼굴을 한 이에게
편지를 쓰고 싶다

오스트리아 빈에서 본
요한 슈트라우스의 다뉴브강의 잔물결처럼
황홀하고 굽이굽이 생동감 넘치는
편지 쓰고 싶어

왜 사는지 이유를
모르는 사람들에게
오감을 담은 색채로
사랑의 편지 쓸래요

한 영혼

고요하다
숨소리가 멈춘 듯

지극히 절제된 언어들
가랑비가 바람 되어

촉촉이 그리움으로 변해

환희에 다다르는
성숙한 영혼

그렇게 비 맞으며
세월은 가고

오감이 상호작용하는 곳

하나같이 스마트폰을 본다

그 누구는 음악을 듣고
그 누구는 동영상을 보면
그 누구는 미소 지으며
문자 메시지를 주고받고

지하철 바퀴보다
더 바쁘게 달리는 손가락들
일상이 되어 버린 스마트폰 세상

한강 바라보며
세상에 없는 어머니에게
저녁노을 보낸다

아주 느린 손놀림으로
지하철
오감이 상호작용하는 곳
엄마는 말했어
그녀와 다른 세상이라고

한 줄기 희망으로 촉촉이 내려라

아이 잃은 엄마에게도
집이 없는 사람에게도
초록빛 믿음 희망 되어

메마른 세상의 가슴에
초록빛 촉촉이 내려라

한 줄기 희망으로
초록빛 실바람 한 줄기
희망
힘차게 내려라

고백하고 싶어요

붉은 얼굴
떨리는 목소리로
태어나 처음으로
고백하고 싶어요

만 번 들어도
싫증나지 않은
따뜻하고 달콤한 말로
사랑한다고 고백할래요

내가 사랑한다 고백하면
말이 없는 미소로
받아 주실래요!

그대

지하철 5호선에서
처음 본 그대

모두 고개 숙여
모발폰 보고 있을 때
그대 날 보고 있었네요

그대 미소
내 가슴 두근거렸어요

모두 고개 숙여
모발폰 보고 있을 때
그대 날 보고 있었네요

너의 앞에 앉을 때

그녀가 너에게 앉으면 마음이 풍성해지고
가득한 행복 느낀다

너의 앞에 앉으면 영혼이 푸른 하늘보다
더 생기 있게 푸르러져

삶의 산 앞 가로막아 혼란스러울 때
너 앞에 앉으면 가슴이 차분해지고
피는 뜨겁게 뛴다

외로울 때 행복할 때
너에게 앉은 이유
피가 뜨겁게 뛴다

은혜로운 하루

지혜의 의자에 앉아
영감으로 가득한 하루
알아요. 나의 기쁨을

광장의 그녀

힐링 캠프, 빌딩 숲
음악분수로 둘러싸인
가족과 함께 즐기는
모두의 광장에
도심 광장에 앉아 있다.
한 여자가

관심 없는 한 여자

음악 공연, 마술 쇼
버스킹이 펼쳐지는
남녀노소 가족이
즐길 수 있는 광장
그것을 즐길 여유 없는 그 여자

쌓인 낙엽 바라보는
가족 없는 한 여자
광장 없는 삶은

까치

풍류스러운 까치 자태
총총 걸음걸이 아장아장 귀여운 그녀
희고 검은 옷의 아우라가 넘쳐

노래하는 까치, 높은 음정이네
구슬프지도 않고, 꺾지도 않으며
단순 음정 예스럽지 않아
풍치가 있고 멋스럽게 노는 까치

반가운 손님 오시려나~~~
기다리고 기다리던 이메일 오려나
떡집 여자 까치 똥 싼다 투덜투덜
세월 속에 까치 이미지 달라지나?

까치 소리는 울 엄마 소리
기억 속 나의 어머니 목소리
오늘도 반가운 손님이 오시려나

하늘은 청아하고
아침부터 까치산 까치가 노래하네
화곡동 까치산은 까치가 많아
까치산이라네

봄꽃

영광의 앙증맞은
꽃이 피는구나!

꽃잎에 앉은 햇볕의 미소
섬세한 감성으로
봄의 영혼을 흔드는구나!

꽃 피우기 위해
열정의 시간 달려와
마침내 맞이한 절정의 순간

겨울 이겨낸
생동감 넘치는 보랏빛 설렘

바람에 흩날리며
얼굴을 간지럽히는 유혹

영혼을 다함으로 빛나는 꽃

사계四季

봄
모진 겨울 지나야만 온다

가을
여름의 폭풍우를 견뎌야 오고

모든 생명
아픔 없이 기다림 없이
자랄 수도 이룰 수도 없고

겨울
그녀도 모르게
어느새 봄을 준비하네

꽃이 지지 않고
꽃이 피지 못하리

빨리빨리

앞서려 빨리빨리
경쟁사회 빨리빨리

양계장 달걀도 빨리빨리
표고버섯, 딸기, 블루베리도 빨리빨리
속성재배 빨리빨리
과정 원리 뒷전이고
그저 빨리빨리

영어강좌 빨리빨리
한국 사람의 문화 빨리빨리

그녀도 빨리
너도 빨리
우리도 빨리

아 세월도 빨리

볼인지 스트라이크인지 몰라도 후회 없이 휘둘렀다

8회 말 무사 1루, 2루 야구 묘미 보여줄 때쯤
아구, 이걸 어쩌나 주룩주룩!

8회 엎치락뒤치락 넘어지고 미끄러지고
9회 말 숨 막히게 막판 뛰고

서스펜드(suspend)
안 돼~
기도하는 마음 잠깐 지나가는 비!

볼인지 스트라이크인지 몰라도
후회 없이 휘둘러

멋진 홈런
인생의 1루, 2루, 3루를 돌아
홈으로 홈으로

우주비행 나사에 삼각관계 사랑

그 남자를 짝사랑한
한 여인

카라반 운전해
긴 여행 떠난다 나사에
소문이 난 남자 그리고 여자

기저귀 차고 운전하며
그들 여행길 뒤쫓는 여인
한 여인

당신을 사랑한다고.
죽어도 사랑한다고.
고백하며 고속도로 달리는 그녀

그녀 사랑은 삼각관계
당신 향한 아픈 사랑
삼각관계 사랑

어린 왕자의 사랑

그 무언가 사랑하는 마음
푸른 하늘 아래서 빙그레 웃고 있네

눈으로
찾을 수 없어!
오직 마음으로 찾아야지
어린 왕자,
여우가 한 말이네!

눈으로 찾을 수 없고
마음으로 찾을 수 있는
그건 뭘까!~

태릉 배밭

봄, 봄
싱싱한 하얀 배꽃 향기 지천이던 땅
그녀는 기억하지 배꽃으로 물들이던 봄
연푸르른 과수원 담록 바람에 일렁이는 작은 배들
새들과 노래하던 배나무

기억하지 그녀는 작열한 여름 햇살로 익어가는
황금 배
가을의 멋진 배나무 가득한 황금빛 태릉 먹골 배
황금을 만지는 듯했던 황금빛 태릉 먹골 배

세월은 가고
배 밭은 사라지고
세월은 가고
배꽃도 사라지고
세월은 가고 첫사랑도 사라져갔네

아~파트 아~파트 아파트로 변한 그 자리
아~어쩌나 천상에 태어난 그녀의 긴 이야기를!
태릉 배 태릉 배밭 태릉 배 태릉 배밭 추억들

황금빛 태릉 먹골 배 삼킨
아~파트 아~파트 아파트로 변한 땅
먹골 배 삼킨 아~파트 아~파트 아파트

해설

그녀가 피아노 앞에 앉는 이유

—유수임의 음악 그리고 삶의 노래—

박용재(시인)

1. 피아노 건반 위의 삶

유수임의 시는 소박 담백한 삶의 이야기다. 그녀의 시는 그녀가 살아온 삶의 이력과 현재의 일상을 넘나들면서 그녀만의 솔직한 노래를 부른다. 그 노래는 자신의 삶을 감싸고도는 사람과 시간과 공간의 속에 존재한다. 그것은 짧지 않은 인생을 살아온 삶의 간단치 않은 궤적의 고백이자 자신과 삶 그리고 세상을 바라보는 시선과 생각의 산물이다. 그 중심에 피아노와 어머니가 있다. 그녀는 시집 앞에서 "이 세상에 혼자라고 느낄 때 피아노에 앉는다"라고 고백한다. 그만큼 피아노와 음악은 그녀의 삶의 한 축이라고 할 수 있겠다. 또한, 유수임은 "나이 들어 피아노 옆에 원고지를 놓고 인생이라는 건반 위에 시의 음표를 그린다."고 밝힌다. 자신이 스스로 말했듯이 결국 유수임은 음악을 중심으로 살아왔고 중년에 들어 문학을 시작했

음을 알 수 있다.

음악과 시는 인간의 삶에 있어 오랫동안 한 몸이었다. 일찍이 시는 노래에서 출발했다. 중국의 고전시가나 한국의 가사문학을 보면 시는 노래였다. 풀과 꽃의 노래였고 하늘과 별의 노래였고 사람과 사람 사이의 노래였고 그 속의 삶의 노래, 노동의 노래였다. 이처럼 오랫동안 시와 노래와 음악은 하나의 몸체를 이루면서 삶의 슬픔과 기쁨, 고통과 번뇌, 위로와 위안을 이름으로 우리 곁에서 같이 살아왔다. 모든 사물은 감정을 지니고 있고 모든 말은 뜻을 지닌다. 그것이 시가 되고 노래가 되고 음악이 되어 강물처럼 흘러온 것이 바로 우리의 삶의 역사다.

유수임의 시에는 수많은 음악가가 등장한다. 모짜르트 쇼팽 바흐 존 레넌 베토벤 슈만 요한 스트라우스가 그들이다. 이어 첼로 피아노 등 악기들이 등장한다. 음악가들과 악기는 유수임의 인생의 친구이자 동반자이다. 특히 피아노는 아주 절친이다. 그녀는 "기억 속에 사랑하는 사람이 그리울 때" "영혼에 생기를 넣기 위해" 피아노 앞에 앉는다. 그러면 "영혼이 맑아진다."라고 고백한다. 사람이 그립거나 삶의 생기를 잃었을 때 피아노에 앉아 그리움을 달래고 생각의 생기를 얻는 것이다. 그만큼 피아노는 유수임의 불가분의 관계를 가지며 인생의 동반자로 함께하고 있다. 유수임은 피아노 앞에 앉는 또 다른 경우로 "아직 해가 많이 남아 있고 햇살의 무늬는 금빛, 은빛으로 피아노를 비추고 있을 때"를 적시한다. 삶의 시간들에 있어 아름답거나 행복감을 느낄 때 피아노에 앉아 그 감정을 고스란히 음미한다. 이처럼 유수임에게 있어 피아노, 즉 음악은 "외로울 때"도 "행복할 때"도 함께 하는 고마운 존재이다. 사람은 각자 자기만의 힐링공간을 갖고 싶어한다. 그것이 자연공간일 수도 있고 예술공간일 수도 있고 상상공간일 수도 있고 삶의 현실 공간일 수도 있지만 유수임의 힐링 공간은 피아노와 함께하는 시간과 그 시간 속에서 갖는 행복감이다.

유수임은 모짜르트의 음악적 고집을 사랑하고 모짜르트의 아버지를 상상하며(「모짜르트」), 슈만의 트로이메라이를 들으며 어린 시절의 꿈을 떠올리고(「꿈꾸는 그대」), 베토벤의 스프링 소나타 5번 '봄'을 들으며 선율의 아름다움을(「봄의 송가」) 느낀다. 동시에 그녀는 수많은 작곡가의 음악에서 갖는 삶의 소리 영혼의 소리를 듣는다.

음악가 저마다 다른 어여쁜 소리

쇼팽의 전주곡 빗방울 소리
슈베르트 가곡 마왕 말발굽 소리
바흐 예수 수난곡 세상에 가장 슬픈 소리
베토벤 월광곡 솟구쳐 오르는 소리

계절마다 다른 그리움 소리

봄꽃처럼 따스한 시냇물 소리
여름날 뜨거운 태양의 소리
가을날 조용히 낙엽 지는 소리
겨울날 하얀 눈이 오는 소리

소녀 소년의 사랑과 기도 소리
엄마 뱃속의 아가 웃음소리
존 레넌 평화의 노랫소리

건반을 어루만지면 흐르는 마음의 소리
피아노가 심장을 요동 치게 하는 천의 소리

오랫동안 그녀를 묶어둔 건반 위
쇼팽 알레그로 모데라토 춤추고

칼 오으프(Carl Orff) 리듬에 시가 꿈틀거리는
그녀의 인생 그녀의 사랑 운명의 피아노 소리

—「천의 소리 그녀 인생」 전문

온통 소리의 향연이다. 소리의 꽃밭이며 정원이다. 다양한 음악가의 음악이 유수임에게 와서 하나의 소리공원을 꾸미고 있다. 그는 작곡가마다 아름다운 소리를 지니고 있다면서 쇼팽의 음악에서 "빗방울 소리"를, 슈베르트의 가곡에서 "마왕의 말발굽 소리"를, 바흐의 예수 수난곡에서 "세상에서 가장 슬픈 소리"를, 베토벤의 월광곡에서 "솟구쳐 오르는 소리"를 듣는다. 음악가들이 지닌 아름다운 소리를 들음과 동시 음악에서 계절마다 들려오는 자연의 소리를 가슴으로 느낀다. 봄에는 "따스한 시냇물 소리", 여름에는 "뜨거운 태양의 소리", 가을에는 "조용히 낙엽 지는 소리", 겨울에는 "하얀 눈이 오는 소리"를 감상한다. 그녀는 음악을 통해 명상하고 산책하면서 스스로 감흥에 겨워 피아노 위에 앉아 천의 소리를 연주한다. 이 연주는 그동안의 자기 삶의 변주에 다름 아닐 것이다. 아마도 그녀의 건반 위에는 삶의 선율들이 요동칠 게다. 그 피아노 소리는 창문을 넘어 "꽃피는 들판을 가로질러 하늘을 가르"며 높이 날아갈 것이다. 유수임은 이렇듯 작곡가의 음악을 들으면서 자연의 소리, 삶의 소리, 세상의 소리, 영혼의 소리 그러면서 그 속에 존재하는 기쁨의 소리, 슬픔의 소리, 환희의 소리, 마음의 소리를 듣는다.

평화로 고요히 물들고
사무치는 그리움 달래게
첼로 소리를 들어봐요

상처받은 당신 온통 환희로 바꿔드릴
첼로 소리를 들어봐요

모래바람 부는 광야에 홀로 서 있다 할지라도

내면의 강을 타고 행복의 길이 조금씩 열릴 겁니다

언제나 푸르름을 잊지 않는 상록수 강인함이 올 겁니다
첼로 소리를 들어봐요

—「첼로 소리 들어보세요」 전문

유수임의 시가 사적 공간의 미학을 추구하고는 있지만 때로는 사적 공간으로부터 사회적 공간으로 시선을 옮겨 세상을 노래한 대표적인 작품이다. 유수임의 시적 시선은 자신의 개인적 삶의 범위를 넘어 타인과 세상의 아픔을 어루만지고 있다. 그 어루만짐은 공허한 메아리가 아니라 일상이라는 삶속의 자아로부터 세상이라는 무대로 눈길을 주는 데서 비롯된다. 그녀는 "슬픔에 젖은 당신과 전쟁으로 고통받는 사람들에게" 첼로 소리가 사랑과 희망을 전해주기를 갈망한다. 또 "당신의 마음이 때로는 모래바람 부는 광야에 홀로 서 있다 할지라도 내면의 강을 타고 행복의 길"이 열리길 소망한다. 「첼로 소리 들어보세요」는 내 음악 정원에서 우리들의 음악공원을 지향하며 타자의 삶까지 응시하고 응원하고 있다. 그녀가 보고 느끼고 가꿔온 개인적인 소리의 정원은 더욱 넓은 세상의 소리의 공원으로 확장된다. 최근 우리가 사는 지구촌은 전쟁과 살육으로 점철되고 있다. 개인적이든 사회적이든 국가적이든 평화로운 삶의 존재를 원한다. 평화는 인간의 영원한 희망이다. 유수임은 첼로가 연주하는 곡(추측건대 아름다운 평화를 상징하는 음악일 듯)을 통해, 평화를 잃은 그 누군가에게, 그 어떤 곳에 평화가 회복되기를 희망한다. 우리가 모두 첼로 소리를 들으면서 기도하면 "그 무엇인가 분명히 올 것"이라고 희망을 전해준다. 또 평화로워지면 다시 "조용히 첼로 소리를 들어보세요"라는 유수임에게 있어 음악 즉 예술적 아름다움은 개인과 사회의 평화가 공존하는 공간에 불과하다.

2. 오감, 인간다움에의 희망

유수임은 일찍이 호주에 이민하여서 한국보다는 호주에 더 오래 살았다. 한국에서는 서울의 잠실에 살았고 지금 호주에서는 시드니에 살고 있다. 그는 최근 만학의 뜻을 이루기 위해 단국대 대학원에 입학해 시드니와 서울을 오가면서 살고 있다. 서울과 시드니, 시드니와 서울 사이에는 무엇이 존재할까? 물론 하늘도 있고 바다도 있고 도시도 있고 비행기 안에서 바라보는 구름바다도 있었고, 있고 있을 것이다. 여기에 사랑했던 가족도 있고 친구도 있고 삶을 같이하거나 삶의 주변을 맴돌던 사람들에 대해 잊지 못할 추억도 있을 것이다. 그리고 최근에는 짐작컨대 가장 많은 나이에 가장 먼 거리를 오가면서 문학공부를 하는 유수임의 시와 수필과 문학이 가장 크게 존재할 것이다. 늦은 나이에 문학수업을 하고 있는 이유에 대해 굳이 물을 필요는 없다. 그녀가 시드니와 서울, 서울과 시드니를 오가면서 문학 공부를 하는 것은 그 자체로 삶의 아름다운 사건이니까. 붉은 석류의 매력을 신에게 질문하듯 자기 삶의 의미를 문학으로 질문하고 찾고 있는 건 아닐까?

어쩜 알알이 붉은 허니콤이
그리도 총총히

붉은 너의 매력
알알이 맺혔구나!

진주, 다이아몬드처럼
너의 붉은 허니콤 빛나고

붉은 맛 톡톡 터지는
붉디붉은 석류!

너의 매력 어떻게 만드셨나!
넘 맛있다
모든 신경세포 환란에 취한 채

—「석류」 전문

유수임의 시는 거창하고 화려한 것들을 추앙하는 것보다 자신의 일상과 그 일상의 주변에서 만나고 바라보고 느끼고 사랑하는 것들을 오감으로 감싸 안는다. 붉은 석류를 시각적으로 바라보고 그 사람 다음에 먹어본 맛을 본 미각적 느낌을 담은 이 시는 대단히 감각적이다. 그 감각은 우선 "붉은"이라는 시각, "톡톡 터지는" 청각, "허니콤" 같은 미각까지 담으면서 석류의 존재를 확인한다. 그러면서 그녀는 공감각적으로 다가온 맛있는 석류에게 "너의 매력 신은 어떻게 만드셨나!"라고 질문한다. 한편의 정물화 같은 느낌을 주는 이 시는 일상에서 만나는 사물을 감각적 시선으로 형상화하고 있다. 세상에 존재하는 사물들은 그 나름의 의미와 가치를 지닌 점은 두말할 나위도 없다. 시인은 그 사물들을 만나고 읽고 느끼면서 새로운 의미를 부여하는 사람이다. 앞서 유수임의 시는 그녀의 삶과 일상 그리고 기억의 이야기이자 노래라고 했다. 여기에 관찰과 사랑의 노래라는 의미를 하나 더 보탠다.

최근의 시의 경향은 난해하고 말 많은 다변의 시작 풍토와 시류가 지배하고 있는 듯하다. 그것이 무슨 문제일 것도 없지만, 소통과 교류의 입장에서는 여간 불편한 게 아니다. 시에도 기교가 있고 장치가 있다. 문학적 성취를 위한 형식일 수도 있고 내용의 차별화를 위한 자기변명 혹은 시 세계의 추구일 수도 있다. 나는 다변과 난해를 추구하기보다 투명하고 선명한 세계에 더 귀를 기울이고 눈과 코와 입 그리고 오감을 들이대기를 좋아한다.

봄, 봄
싱싱한 하얀 배꽃 향기 지천이던 땅
그녀는 기억하지 배꽃으로 물들이던 봄
연푸르른 과수원 담록 바람에 일렁이는 작은 배들
새들과 노래하던 배나무

기억하지 그녀는 작열한 여름 햇살로 익어가는
황금 배
가을의 멋진 배나무 가득한 황금빛 태릉 먹골 배
황금을 만지는 듯했던 황금빛 태릉 먹골 배

세월은 가고
배 밭은 사라지고
세월은 가고
배꽃도 사라지고

세월은 가고 첫사랑도 사라져갔네

아~파트 아~파트 아파트로 변한 그 자리
아~어쩌나 천상에 태어난 그녀의 긴 이야기를!
태릉 배 태릉 배밭 태릉 배 태릉 배밭 추억들

황금빛 태릉 먹골 배 삼킨
아~파트 아~파트 아파트로 변한 땅
먹골 배 삼킨 아~파트 아~파트 아파트

—「태릉 배밭」 전문

누구나 삶의 공간에는 어떤 특정한 장소 혹은 사물들이 존재한다. 이 시는 지난 시간의 공간 속에 존재하는 서울 태릉에서의 추억을 담은 이 시는 "봄을 물들이던/ 그 배꽃"을 기억하고 "금을 만지는 듯했던 황금빛 태릉 먹골배"를 추억하고 있다. 봄에서 가을까지의 꽃이 피고 햇살을 받고 과일이 익어가기까지의 계절의 변화에 따른 정경과 더불어 그 속에 내재한 개인의 아름다운 추억까지 읽게 해준다. 세월은 속절없이 가는 것이지만 그 세월의 저편에는 잊지 못한 장소와 공간, 그 속에 존재하는 추억, 또 그 속의 속에 존재하는 사람에 대한 기억의 정원은 쉽게 잊혀지지 않는다. 기억 속의 배밭도 도시개발로 점점 사라져 가지만 "봄이면 그녀를 향해 달려오던 하얀 배꽃 향기"는 영원히 잊을 수 없을 것이다. 어쩌면 이러한 아름다운 기억의 정원 속으로 들러가는 것이야말로 유수임이 서울과 시드니를 오가면서 문학을 공부하는 배경이고 힘이 아닐까 생각해본다.

유수임은 지하철을 오감이 교차하는 곳으로 인식하고 지하철 속에서 "한강을 바라보며 세상에 없는 어머니에게 저녁노을을 보"(「오감이 상호작용하는 곳」)내고, 광장의 한 여자를 바라보며 "'광장 없는 삶"(「광장의 그녀」)은 가능한가?'를 질문하며 상처 입은 사람을 응시하고, 빨리 빨리 변화하는 시대, 손편지가 사라진 시대에 "오감을 담은 색채로 사랑의 편지 쓸래요"(「마음을 전하는 색채」)라고 고백한다. 유수임의 시는 시적 대상을 노래함에 있어 꾸밈이 없다. 자신이 인생길을 걸어오면 만난 시간과 공간 그 속의 사람과 사건 그리고 감성적 추억의 노래, 삶의 이야기이자 노래이다 보니 굳이 보니 꾸밀 것도 없다. 삶의 길 위에서 만난 이야기의 세계를 화려하게 장식하고 꾸몄다면 오히려 군더더기가 될 듯싶다.

그런 점에서 유수임의 시는 거칠고 투박하고 솔직하고 진솔하다. 그게 매력이다. 고도의 시적 장치를 하지 않아도 은유와 비유를 통한 고도의 상징성을 갖지 않아도 일상시, 생활시, 삶의 시로 그 문학적 미덕을 갖게 된다. 세상에 존재하는 모든 것들은 나름의 존재이유가 있다. 그것의 덩치나 부피 그리고 크고 작음은 그 생명 있는 것의 가치 기준은 아니다. 크고 떵떵거리는 것들의 실체를 보고 만져본 적이 있는가? 오히려 우리 삶의 주변에 존재하며 함께하는 일상과 작고 사소한 감정들 그리고 인간으로서 살아있음에 대한 감사를 하게 만드는 일들이야말로 소중하고 아름다운 것이다. 우리는 세상을 살면서 얼마만큼의 '인간다움'을 주고받으며 사는가? 사람 사이, 이웃 사이, 나라 사이, 대륙 사이에 놓인 비인간적인 벽을 허물고 인간으로 산다는 것이 행복한 그러한 순간은 얼마나 될까? 유수임의 시가 오감으로 인간다움을 끌어안으려는 손편지가 되었으면 더할나

위없겠다.

3. 어머니, 삶의 징표

유수임의 이번 시집에는 어머니에 대한 그리움이 석류알처럼 알알이 배어 있다. 가족과 어머니의 이야기를 피아노와 더불어 배추 콩나물 올챙이묵 도토리묵 메밀묵 손두부를 통하여 추억한다. 그녀는 배추를 키우고 뽑으면서 배추에 가족과 자식을 비유한다. "우리 막내처럼!/ 정성으로 자식을 기른 마음과 기분으로/ 배추를 뽑는 아침!"(「배추를 뽑는 아침」)을 맞으며 배추 하나에도 소중한 마음을 담는다. 그러면서 "밤잠 설치며 죽었는지 살았는지/ 엄마의 입에 가만히 귀 대어/ 안도하곤 했지!"(「When I was young so much younger」)라며 이민가족의 가족사랑과 어머니에 대한 근심을 절절하게 표현한다. 또한 그렇듯 애틋하던 어머니가 또 다른 세상으로 가셨지만 그녀의 시는 다시금 어머니를 곁에 살아계시게 한다. 어머니가 그리워 그 "그리움 속으로 달려가면/ 금방 보듬어주고 안아줄"(「I love you Mum Goodbye」) 것 같다. 여기에다 유수임은 세상을 살면서 만나는 "올챙이묵, 도토리묵, 메밀묵, 손두부, 볼 때"마다 "엄마의 향기"를 느끼고 "올챙이 시절로 돌아가고 싶다"며 토로한다(「올챙이 시절이 그리워」). 그러한 엄마의 향기를 그리워하는 마음을 달래기 위해 유수임은 "어머니가 그리워"지면 "피아노 앞에 앉아서 피아노를 친다"고 고백한다. 그만큼 어머니와 유수임과 피아노는 한 몸인 셈이다. 이 같은 동일시는 유수임의 삶을 특징짓는 표상이자 징표에 다름 아니다.

유수임이 삶의 이치를 콩나물의 성장에 비유한 시 「자율의 서곡 콩나물」은 가족, 특히 어머니에 대한 기억이 고스란히 담겨 있는 약간의 눈물과 아린 기억 그리고 삶의 질서가 배어있는 서정적인 시이다. 콩나물을 통한 어머니에 대한 기억을 넘어 삶의 조화를 노래하고 있다. 삶의 이치와 세상의 이치를 콩나물과 어머니를 통해 은유하고 있는데, 음악적인 상상력으로 버무린 이야기가 흥미롭다.

콩나물 물 주시던 어머니 모습에
콩나물 기른다

콩, 물에 담가 놓으니
껍질들이 와글거리고
자기들끼리 눕고, 앉고, 서고 때론 머리를 처박고 제멋대로
끼리끼리 난리야
그 모습 가관이야

하하하, 며칠 후
음계처럼 질서가 서고
예쁜 머리 일제히 하늘로 그 모습이 앙증맞아
질서의 전율 느낀 콩나물

무법지대에서 제자리 찾고
자연은 어쩜 이토록 경이로운지, 콩나물 키우는 관전 포인트이다

콩나물 물 주시던 어머니 모습에
콩나물을 기른다

어머니 콩나물 단 한 번도 실패한 적이 없고

불순물 들어가면 콩나물이 썩어버린다고.
정성 다해 물 주던 그 모습
콩나물
빨리 자라라고 물을 자주 주니
뿌리가 썩고 말았다

콩나물, 고까짓 것 하다
실패했다

콩나물은 칸트 윤리학의 중심 개념인 자율 서곡
철학적 식품이다

진실 정성 없이 콩나물 썩고
엄마 콩나물에다 물주 듯 정성 들어 물 주니
예쁘게 잘 자란다

모태 교육하듯 음악과 사랑 정성으로 물을 주니
콩나물 놀라운 속도로 잘 자란다.

콩나물 음표 자율의 서곡이 되어 음의 계단 그 음계를 잡고
춤추듯 노래해

그때 나는 알았다
팔분음표 콩나물 대가리
자연은 경이롭고 신기하다

콩나물 물 주시던 어머니 모습 그리며
콩나물을 기른다

—「자율의 서곡 콩나물」 전문

어머니는 콩나물을 키우면서 단 한번의 실패도 없는 분이었지만, 시의 화자, 즉 유수임은 콩나물 기르기가 그리 쉽지만은 않았음을 토로하며 어머니를 다시 불러낸다. 가족들의 반찬을 위한 "콩나물 물주시던 어머니 모습에/ 콩나물을 기른다"는 그녀는 속성으로 콩나물을 길러 보려했지만 결국 뿌리가 섞어 아무짝에도 쓸 수 없어 버려야만 했다. 그러나 예전의 기억을 되살려 어머니가 기르던 방식으로 기르니 "예쁘게 잘 자란다"라며 어머니의 콩나물 기르기를 기억의 송간에서 데려와 현실적으로 응용하여 성공을 거둔다. 여기에 유수임은 "모태 교육하듯 음악"도 틀어주고 "사랑 정성으로 물을 주"고 길렀더니 정말로 "놀라운 속도로 잘 자란다"며 즐거워한다. 특히 들려준 음악은 콩나물 스스로가 음표가 되어 자율적으로 성장하여 탐스런 콩나물의 탄생을 맛보게 된다. 콩나물이나 사람이나 사랑과 정성만큼 좋은 토양과 양분은 없을 듯하다. 시와 내용이 상당 부문

중복되지만 콩나물과 어머니와 음악의 삼각관계가 솔직하게 드러난 이 작품의 시작노트를 보내왔길래 전문을 감상해본다.

"콩나물에 물주시던 어머니 모습에 콩나물을 기르고 싶었다. 모든 것이 쉽게 보였기 때문에 나도 콩나물을 길러 먹기로 했다. 어머니는 콩나물을 기르시면 단 한 번도 실패한 적이 없다. 불순물이 들어가면 콩나물이 썩어버린다고 항상 온 정성을 다해 물을 주셨다. 나도 엄마처럼 콩나물을 속성으로 길러보려고 빨리 자라라고 물을 자주 주었더니 뿌리가 썩고 말았다. 콩나물, 고까짓 것 하더니, 몇 번 실패하더이다. 구관이 명관이요 콩나물은 칸트 윤리학의 중심 개념의 자율 서곡이다. 그들은 철학적 식품이다. 절대적으로 진실과 정성이 없으면 썩고 만다. 엄마가 기르던 대로 그날을 생각하면서 콩나물에 정성 들여 물주니, 예쁘게 잘 자라, 모태 교육하듯 음악도 틀어주었다. 사랑과 정성으로 물을 주고 길렀더니, 콩나물은 놀라운 속도로 잘 자란다. 그들은 며칠이 지나면 질서정연하게 도레미파 음계가 된다. 콩나물과 음표는 자율의 서곡이 되어 이렇게 음의 계단 그 음계를 잡는다. 그때 나는 알았다 왜! 팔분음표를 콩나물 머리라고 하는지를, 자연은 경이롭고 신기하다. 무법지대에 벗어나 제자리를 찾은 것 관전 포인트이다."(「자율의 서곡 콩나물」 시작노트)

지금까지 유수임의 솔직담백한 삶의 이야기를 듣고 노래를 같이 불러 보았다. 세상에 존재하는 모든 것들은 나름 자신의 의미와 가치를 지니고 있다. 그것을 증명해 보이기 위해 그 어떤 고난과 고통을 물리치고 강한 생명력으로 자신의 소명을 다하려고 몸부림친다. 그 대상이 크고 작던, 어디에 있던, 사소하던 귀하던 그런 관념의 세계보다 실제로 숨 쉬면서 존재한다는 것 자체로 소중하다. 하늘과 공기, 별과 빛은 영원할지라도 이 지구상에서 생명 있는 것들이 영원한 게 얼마나 될까? 우리는 우리가 살고 있는 시-공간의 생명의 소리를 들어야 한다. 그리고 그 삶의 소리를 시로 노래하고 그 노래는 길고 긴, 멀리멀리 여행가는 강물 같은 음악이 되어 흘러야 한다. 유수임의 질박한 언어의 시와 노래가 두 개의 주거지인 서울과 시드니를 튼실한 문학적 상상력으로 이으면서 빛깔 좋고 속 깊은 맛을 내는 과일같이 더욱 영글어 가기를 기원해 본다.

산문

안녕! 안녕! 안녕!

유수임

연화야! 너의 Funeral을 코앞에 두고, 너와의 약속을 못 지켜 편지를 쓴다. "엄마가 오늘 운명하셨어요."

친구 연화야 너 딸 제시카가 나에게 전화했다. 엉엉 울고 나니, 연화가 떠난 후 내 마음은 바닷속보다 더 깊은 적막이 고여 있는 듯했다. 공수부대의 용감한 여군인 연화! 하늘을 날더니 결국 하늘로 갔구나!

연화야! 하늘나라는 연화가 세상에서 겪었던, 그 아픔과 고통은 없겠지! 나는 2024년 9월 2일 비행기를 타고 한국을 가야 했다. 하지만 선거를 해야 해서 일주일을 뒤로 미루었다. 당연히 학교는 결석했지. 너와의 약속을 지키고 너의 Funeral에 참석하기 위해 비행기 표를 또 미루었지만, 사정은 쉽지 않았었다. 먼저, 너와의 약속을 못 지킨 나를 용서해 주렴. 살아생전 너는 나에게 다음 같이 말했지!

"친구야! 나 연화가 죽거든 Funeral 서비스를 너가 해줘, 너는 JP(Justice of the Peace)이니까. 그리고 마지막 가는 나에게 빨간 장미 한 송이를 내 관 위에 올려줘. 난 하얀 국화는 싫어! 왜냐하면 군인 동료들이 유명을 달리할 때마다 하얀 국화를 너무 많이 보았거든 슬퍼! 친구야! 약속!"

내가 시드니에 있을 때 약속을 했지. 그런데 이 약속을 못 지킬 거라고는 꿈에도 생각 못했다. 연화와의 그 약속을 꼭 지킬 거라고. 연화야! 너는 어느 날 나에게 가장 슬픈 이야기를 했지! 자신이 암환자라 6개월밖에 못 산다고 어렵게 말했지. "의사로부터 사형선고를 받고 힘없이 집에 왔더니, 딸들이 내 옷과 소지품을 모두 없애 버렸고 옷이 하나도 없어!" 하면서 엉엉 울던 너!

"연화야! 나 옷 있으니 같이 입자"고 하자, 너는 너무 좋다고 하며 활짝 웃었지! 너는 아파도 모임에는 빠짐없이 참석했지. 어느 날 너를 태워서 너의 집에 갔었는데 그 순간도 너는 모르핀을 먹어야만 했다. 왜 아니겠어! 그놈의 암이 뼈와 머리에까지 전이가 되었다는데 말이다. 어느 날은 너가 나에게 너무 아프니 집에서 자고 가라고 했다. 그날 저녁 너는 너무 아파 모르핀을 먹고서야 겨우 잠이 들었었지. 그런 너를 보면서 나는 얼마나 슬펐는지 모른다.

연화야! 6개월밖에 못 산다던 너, 그 후 10년을 더 살아줘 너무 고마웠다. 나는 너가 항상 군인정신이 투철하고 명랑한 성격이라 그렇게 모르핀 없이는 살 수 없다는 것을 그때 처음 알았다.

연화야! Funeral 서비스, 그리고 너와 약속한 빨간 장미 한 송이 관 위에 올리지 못하고 시드니를 떠나야 했다. 대신 12월에 내가 시드니에 가면 빨간 장미를 들고 너를 찾아갈게. 그리고 너가 가장 좋아하는 상추 우리 집 뒤 텃밭에 심어놓고 왔다! 상추 쌈해서 밥 먹자, 우리!

그립기만 한 그런 사랑

1판 1쇄 인쇄__2025년 01월 10일
1판 1쇄 발행__2025년 01월 20일

지은이__**유수임**
펴낸이__**양정섭**

펴낸곳__**경진출판**
등록__제2010-000004호
사업장주소__서울특별시 금천구 시흥대로 57길 17(시흥동) 영광빌딩 203호
전화__070-7550-7776 팩스__02-806-7282
스마트스토어__https://smartstore.naver.com/kyungjinpub/
이메일__mykyungjin@daum.net

값 12,000원
ISBN 979-11-93985-46-5 03810